LES JOYEUSES Histoires DE NOS PÈRES

III

LES JOYEUSES

HISTOIRES

DE NOS PÈRES

III

CORBEIL. — IMPRIMERIE B. RENAUDET.

L'AVENTURE DU POT DE CHAMBRE

LES JOYEUSES

HISTOIRES

DE NOS PÈRES

Mieux est de ris que de larmes écrire
Parce que rire est le propre de l'homme

RABELAIS.

III

LA MÉDAILLE A REVERS
L'HOMME EN MAL D'ENFANT — BORGNE ET COCU
LA FILLE DE TROIS COULEURS, ETC.

PARIS

CHEZ TOUS LES LIBRAIRES

M.DCCC.LXXXIV

Droits réservés

I

LA MÉDAILLE A REVERS

N la ville de Valenciennes, il y eut
naguère un notable bourgeois, en
son temps receveur de Hainaut,
lequel entre les autres fut renommé
de large et discrète prudence : et, entre ses
louables vertus, celle de libéralité ne fut pas
la moindre, car il vint grâce à elle en la
grâce des princes, seigneurs et autres gens
de tous états. En cette heureuse félicité la
fortune le maintint et le soutint jusques à la
fin de ses jours. Devant et après que la mort

l'eut détaché de la chaîne qui à mariage
l'accouplait, le bon bourgeois héros de cette
histoire n'était point si mal logé en ladite
ville qu'un bien grand maître ne se tînt pour
content et honoré d'avoir un tel logis. Et
entre les désirés et loués édifices, sa maison
découvrait sur plusieurs rues ; et, de fait, il y
avait une petite poterne vis-a-vis de laquelle
demeurait un bon compagnon qui très belle
femme et gentille avait et encore en meilleur
point. Et, comme il est de coutume, les yeux
d'elle, archers du cœur, décochèrent tant de
flèches en la personne dudit bourgeois que,
sans prochain remède, son cas n'était pas
moindre que mortel. Pour laquelle chose
sûrement obvier, il trouva par plusieurs et
subtiles façons, que le bon compagnon, mari
de ladite gouge, fut son ami très privé et
familier ; et tant que peu de dîners, de soupers, de banquets, de bains, d'étuves et
autres tels passe-temps, en son hôtel et
ailleurs, ne fissent jamais sans sa compagnie.
Et à cette occasion se tenait notre compagnon

bien fier et encore autant heureux. Quand
notre bourgeois, plus subtil qu'un renard,
eut gagné la grâce du compagnon, bien se
soucia de parvenir à l'amour de sa femme ; et
en peu de jours tant et si très bien travailla
que la vaillante femme fut contente d'ouïr et
d'entendre son cas. Et, pour y bailler remède
convenable, ne restait plus que temps et lieu ;
et fut à ce menée qu'elle lui promit que,
tantôt que son mari irait quelque part dehors
pour séjourner une nuit, elle l'en avertirait
incontinent.

A quelque temps de là, ce désiré jour fut
assigné, et dit le compagnon à sa femme
qu'il s'en allait à un château lointain de
Valenciennes environ trois lieues, et la
chargea de bien se tenir à l'hôtel et garder la
maison, que parce que ses affaires ne pou-
vaient souffrir que cette nuit il retournât. Si
elle en fut bien joyeuse, sans en faire semblant en paroles, en manières, ni autrement,
il ne le faut demander. Il n'avait pas cheminé
une lieue quand le bourgeois sut cette aven-

ture depuis si longtemps désirée. Il fit tantôt
tirer les bains, chauffer les étuves, faire
pâtés, tartres et hypocras, et le surplus des
biens de Dieu, si largement que l'appareil
semblait un droit de roy. Quand vint sur le
soir, la poterne fut desserrée, et celle qui
pour la nuit le guet y devait saillir dedans ;
et Dieu sait si elle ne fut pas très doucement
reçue. Après qu'en la chambre ils furent
descendus, tantôt se boutèrent au bain, devant lequel le beau souper fut en hâte cou-
vert et servi. Et Dieu sait qu'on y but
d'autant, et souvent, et largement. Parler des
vins et viandes ne serait que redites, et, pour
trousser le conte court, faute n'y avait que
du trop.

En ce très gracieux état se passa la plu-
part de cette douce et courte nuit : baisers
donnés, baisers rendus, tant et si longuement
que chacun ne désirait que le lit. Tandis que
cette grande chère se faisait, voici déjà
retourné de son voyage le bon mari, non
quérant cette bonne aventure, qui heurte

bien fort à l'huys de la chambre. Et, pour la
compagnie qui y était, l'entrée de prime
abord lui fut refusée jusqu'à ce qu'il nommât
son parrain. Adonc, il se nomma haut et
clair, et bien l'entendirent et connurent sa
bonne femme et le bourgeois. Elle fut tant
fort effrayée à la voix de son mari que peu
s'en fallût que son loyal cœur ne faillît ; et
ne savait déjà plus quelle contenance tenir,
si le bon bourgeois et ses gens ne l'eussent
reconfortée. Le bon bourgeois, tout assuré,
et de son fait très avisé, la fit bien à hâte
coucher, et au plus près d'elle se bouta, et lui
recommanda bien qu'elle se joignît près de
lui et cachât le visage, qu'on n'en pût rien
apercevoir. Et, cela fait au plus bref qu'on
peut, sans se trop hâter, il commanda d'ouvrir la porte. Et le bon compagnon saute
dedans la chambre, pensant en soi que quelque
mystère il y avait, qui devant l'huys l'avait
retenu. Et quand il vit la table chargée de
vins et de grandes viandes, ensemble le beau
bain très bien paré, et le bourgeois en très

beau lit encourtiné avec sa seconde personne,
Dieu sait s'il parla haut et blasonna bien les
armes de son voisin. Il l'appelle ribaud,
après paillard, après ivrogne ; et tant bien le
baptise que tous ceux de la chambre et lui
avec s'en riaient bien fort. Mais sa femme à
cette heure n'avait pas ce loisir, tant étaient
ses lèvres empêchées de se joindre près de son
ami nouvel.

— Ha ! dit-il, maître paillard, vous m'avez
bien caché cette bonne chère ; mais, par ma
foi, si je n'ai été à la grande fête, pourtant
faut-il bien qu'on me montre l'épousée.

Et, à ce coup, tenant la chandelle en sa
main, se tire près du lit ; et déjà se voulait
avancer pour hausser la couverture, sous laquelle faisait grande pénitence en silence sa
très parfaite et bonne femme, quand le
bourgeois et ses gens l'en gardèrent ; dont il
ne se contentait pas, mais à force, malgré
chacun, toujours avait la main au lit. Mais il
ne fut pas maître alors, ni cru de faire son
vouloir, et pour cause.

Mais enfin un appointement très gracieux et bien nouveau le contenta, qui fut tel : Le bourgeois fut content qu'il lui montrât à découvert le derrière de sa femme, les reins et les cuisses, qui blanches et grosses étaient, et le surplus bel et honnête, sans rien découvrir ni voir du visage. Le bon compagnon, toujours la chandelle en sa main, fut assez longuement sans dire mot. Et, quand il parla, ce fut en louant beaucoup la très grande beauté de cette dame ; et affirma par un bien grand serment que jamais il n'avait vu chose si très bien ressembler au cul de sa femme ; et, s'il ne fût bien sûr qu'elle fût à son hôtel à cette heure, il dirait que c'est elle !

Elle fut tantôt recouverte, et il se tire arrière, assez pensif ; mais Dieu sait si on lui disait bien, puis l'un, puis l'autre, que c'était de lui mal connu, et à sa femme peu d'honneur porté, et que c'était bien autre chose comme ci-après il pourra voir. Pour refaire les yeux abusés de ce pauvre martyr, le bourgeois commanda qu'on le fît seoir à la table, où il reprit nouvelle imagination par boire et manger largement du demeurant du souper de ceux qui, s'entretenant au lit, devisaient à son grand préjudice.

L'heure vint de partir, et donna la bonne nuit au bourgeois et à sa compagnie ; et pria moult qu'on le boutât hors de céans par la poterne pour plus tôt trouver sa maison. Mais le bourgeois lui répondit qu'il ne saurait à cette heure trouver la clef ; il pensait aussi que la serrure fût tant enrouillée qu'on ne la pourrait ouvrir, parce que nulle fois ou peu souvent s'ouvrait. Il fut, au fond, content de saillir par la porte de devant et d'aller par le grand tour à sa maison ; et, tandis que les gens du bourgeois le conduisaient vers la porte, le tenant à deviser, la bonne femme fut vitement mise sur pied, et en peu d'heures habillée et lacée de sa cotte simple, son corset sur son bras, et venue à la poterne ; elle ne fit qu'un saut en sa maison, où elle attendit son mari, qui par le long tour venait, très avisée de son fait et des manières qu'elle devait tenir. Voici notre homme, voyant encore de la lumière en sa maison, qui heurte à la porte assez rudement. Et sa bonne femme, qui ménageait par céans, en sa main tenant un balai, demanda ce qu'elle sait bien : « Qui est là ? » Et il répond :

— C'est votre mari.

— Mon mari, dit-elle : ce n'est pas mon mari ; il n'est pas en la ville.

Et il frappe de rechef et dit .

— Ouvrez, ouvrez, je suis votre mari.

— Je connais bien mon mari, dit-elle ; ce n'est pas sa coutume de rentrer si tard, quand même il est en la ville ; allez ailleurs, vous n'êtes pas bien arrivé ; ce n'est point céans qu'on doit heurter à cette heure.

Et il frappe pour la troisième fois, et l'appela par son nom une fois, deux fois. Et adonc fit-elle aucunement semblant de le connaitre, en demandant d'où il venait à cette heure. Et, pour réponse, il n'en baillait d'autre que :

— Ouvrez ! Ouvrez !

— Ouvrez, dit-elle ! encore n'y êtes-vous pas, méchant paillard. Par la force Sainte-Marie, j'aimerais mieux vous voir noyer que céans vous bouter. Allez coucher au mauvais lieu dont vous venez.

Et lors, le bon mari de se courroucer ; et frappe tant qu'il peut de son pied contre la porte, et semble qu'il doit tout abattre, et menace sa femme de la tant battre que c'est rage, dont elle n'a guère grand'peur ; mais à la fin, pour abaisser la noise et à son aise mieux dire sa volonté, elle ouvrit la porte, et, à l'entrée qu'il fit, Dieu sait s'il fut servi d'une chère bien rechignée, et d'un visage aigu et bien enflammé ! Et quand la langue d'elle eut pouvoir sur le cœur très fort chargé de colère et de courroux, par semblant les paroles qu'elle décocha ne furent pas moins tranchantes que rasoirs de Guingamp bien affilés. Et entre autres choses, fort lui reprocha qu'il avait par malice conclu cette feinte allée pour l'éprouver, et que c'était

d'un lâche et mécréant, indigne d'être allié à
une si prude femme qu'elle.

Le bon compagnon, bien qu'il fût fort
courroucé et mal mû par avant, toutefois,
pour ce qu'il voit son tort à l'œil et le rebours
de sa pensée, refrène son ire ; et le courroux
qu'en son cœur avait conçu, quand à sa
porte tant frappait, fut tout à coup en cour-
tois parler converti. Car il dit, pour son
excuse et pour contenter sa femme, qu'il
était retourné de son chemin parce qu'il avait
oublié la lettre principale touchant le fait de
son voyage. Sans faire semblant de le croire,
elle recommence sa grande légende dorée,
lui mettant sur la conscience qu'il venait de
la taverne et des étuves et des lieux déshon-
nêtes et dissolus, et qu'il se gouvernait mal
en homme de bien, maudissant l'heure où elle
eut son accointance, ensemble et sa très maudite alliance. Le pauvre désolé, connaissant
son cas, voyant sa bonne femme troublée
trop plus qu'il ne voulût, hélas ! et par sa
faute, ne savait que dire. Pourtant, il se

prend à réfléchir et, à chef de sa méditation, se tire près d'elle, pleurant, ses genoux tout en bas sur la terre, et dit les beaux mots qui s'ensuivent :

— Ma très chère compagne et très loyale épouse, je vous requiers et prie, ôtez de votre cœur tout courroux que vous avez conçu contre moi, et me pardonnez au surplus ce que je vous puis avoir méfait. Je connais mon tort, je connais mon cas, et je viens naguère d'une place où l'on faisait bonne chère. Je vous ose bien dire que je croyais vous y reconnaître, ce dont j'étais très mécontent. Et puisqu'à tort et sans cause, je le confesse, je vous avais soupçonnée d'être autre que bonne (ce dont je me repens amèrement), je vous supplie, et de rechef, que tout autre courroux passé, et celui-ci, vous oubliiez, que votre grâce me soit donnée, et que vous me pardonniez ma folie.

La mauvaise humeur de notre bonne gouge, voyant son mari à son droit, ne se montra jamais si âpre ni si venimeuse.

— Comment, dit-elle, vilain putier, si vous venez de vos très inhonnêtes lieux et infâmes, est-il dit pourtant que vous devez oser penser ni en quelque façon croire que votre prude femme les daignât regarder ?

— Nenni, par Dieu ! hélas ! le sais-je bien ma mie ; n'en parlez plus, pour Dieu ! dit le bonhomme.

Et de plus belle vers elle s'incline, faisant la requête depuis trop longtemps dite. Elle bien qu'encore marrie et enragée de cette suspicion, voyant la parfaite contrition du bonhomme, cessa son dire, et petit à petit son cœur troublé se remit à nature, et pardonna, quoique à grand regret, après cent mille serments et autant de promesses, à celui qui tant l'avait grevée.

Louis XI.

II

DE LA FEMME

QUI FIT TROIS FOIS LE TOUR DE L'ÉGLISE

N mari veut-il prendre sa femme au piège? Je lui conseille auparavant d'essayer d'attraper le diable. Battez-la tout le jour, meurtrissez-la de coups, le lendemain il n'y paraîtra seulement pas, elle sera prête à recommencer.

Je vous dis ceci à propos d'une demoiselle, qui était la femme d'un écuyer de Beauce ou de Berry, je ne me souviens plus trop lequel.

Ce que je me rappelle, c'est qu'elle était l'amie
d'un curé, et qu'elle l'aimait au point d'entre-
prendre de grand cœur, pour le lui prouver,
les choses les plus difficiles, s'il les avait
exigées.

Effectivement, un jour qu'elle était venue à
l'église, le prêtre après l'office, l'ayant priée
de se trouver le soir pour une affaire, disait-
il, importante, dans un bosquet qu'il lui
nomma, elle le lui promit sans hésiter. La
chose au reste était d'autant plus facile, que
le mari dans ce moment ne se trouvait point à
la maison. Quant à l'affaire qui devait s'y
traiter, je ne puis vous en rien dire, parce
qu'on n'a pu me l'apprendre. Je vous dirai
seulement que les maisons, bâties toutes deux
au milieu d'une enceinte d'épines, comme le
sont les maisons du Gâtinais, étaient éloignées
l'une de l'autre d'un bon quart de lieue; qu'à
mi-chemin se trouvait le bocage, et qu'il
appartenait au servant de Saint-Arnoud.

Le soir, dès que le soleil fut couché et que
le curé crut pouvoir s'échapper sans être vu,

il se rendit secrètement au bosquet et s'y assit
en attendant sa belle. Celle-ci, de son côté, se
préparait à l'aller joindre, quand tout à coup
le mari rentra et dérangea le rendez-vous. Une
autre, à la place de la demoiselle, se fût décon-
certée sans doute; mais notre héroïne ne crut
pas pour si peu devoir manquer à sa parole,
et, en dépit du contre-temps, elle travailla tout
aussitôt à se mettre en état de la tenir.

Le mari était harassé et mouillé. Sous pré-
texte de ne le point laisser refroidir, en un
moment elle lui fit à souper, et vous croyez
bien qu'elle ne s'amusa pas à lui apprêter
quatre ou cinq plats.

— Beau sire, répétait-elle à chaque instant,
vous êtes fatigué; je vous conseille de manger
peu : quand on a beaucoup marché, c'est du re-
pos qu'il faut. Venez vous coucher; croyez-moi
et n'allez pas vous échauffer encore à veiller.

Elle avait tant d'envie de se débarrasser de
lui, qu'elle lui arrachait presque les morceaux
de la bouche; enfin elle le prêcha tant, que le
bonhomme, flatté de ces attentions, sortit de

table quoique mourant de faim et se laissa conduire au lit.

Il comptait que sa femme allait se coucher aussi; mais lorsqu'il vit qu'elle ne se déshabillait pas et qu'il lui en eût demandé la raison :

— Sire, répondit-elle, il est encore de bien bonne heure pour moi. Vous savez que l'ouvrier me presse pour la toile que je vous fais faire; je n'ai plus de fil, et l'on ne trouve pas à en acheter d'aussi beau que le mien. Dormez toujours, je m'en vais encore travailler quelque temps.

— Au diable la filasse ! répartit le mari mécontent. Elle a toujours quelque chose à faire quand je me couche, et puis, le lendemain, c'est misère pour se lever.

Cependant, après avoir un peu bougonné, il fit son signe de croix et s'endormit. La demoiselle, comme vous l'imaginez, ne perdit pas son temps à le garder. Elle courut bien vite au bois où l'attendait son ami, et où fut traitée si amplement l'affaire dont je vous ai parlé, que le temps s'écoula sans qu'ils s'en aperçussent.

Vers minuit, le mari s'éveilla, et, surpris de ne point sentir sa femme auprès de lui, il appela la chambrière pour savoir où elle était.

— Elle m'a dit en sortant, répondit la servante, que, pour ne pas s'ennuyer, elle allait filer chez sa commère.

Il ne faut pas demander si l'écuyer fit la grimace, quand il apprit que sa moitié était dehors à une pareille heure. Il prit à la hâte un surcot et courut chez la commère, qui dormait fort tranquillement et qui ne sut ce qu'on voulait lui dire. Trop convaincu alors de ce qu'il avait à craindre, l'écuyer retourna chez lui en fureur; et d'après quelques soupçons qui lui survinrent, il voulut, en revenant, prendre par le bosquet; mais sa femme heureusement l'aperçut, et elle se tapit si bien qu'il passa sans rien voir. Néanmoins, comme il était temps de rentrer, elle se leva quand il fut un peu éloigné, et prit congé de son ami.

—Mon Dieu ! je suis désolé, disait le prêtre,

vous allez être assommée, il vous tuera.

— Songez seulement à n'être point reconnu, lui répondit-elle en riant ; le reste est mon affaire, et vous pouvez dormir en paix

Elle fut reçue en rentrant avec un torrent d'injures.

— Coquine ! malheureuse ! d'où viens-tu ? d'avec notre curé, je gage? (Hélas! il disait vrai sans le savoir.) Je ne m'étonne pas maintenant si tu étais si pressée de m'envoyer coucher.

Elle écouta ses reproches avec un sang-froid étonnant, ne répondit pas un mot, et lui laissa jeter son premier feu, dans l'es pérance sans doute que la querelle finirait avec les invectives. Mais quand elle vit pourtant que, prenant son silence pour un aveu, il lui saisissait déjà les cheveux pour les lui couper :

— Arrêtez, dit-elle, et jugez-moi. Vous savez, sire, l'envie extrême que j'avais de vous donner un héritier. Je crois maintenant pouvoir en être sûre, et mes vœux en partie sont comblés, mais j'ignore encore le sexe de l'enfant que je porte, et voilà ce que je serais curieuse de savoir s'il était possible. J'ai donc questionné tout le monde, j'ai interrogé mes amies, elles m'ont répondu...... mais vous allez vous moquer de moi.

Et alors, affectant une espèce de honte, elle parut rougir.

Ce mystère, cet air d'embarras, ce commencement d'aveu singulier excitèrent la curiosité de l'époux. Il ordonna à sa femme d'achever. Elle se fit presser beaucoup, lui fit bien promettre qu'il ne se moquerait pas d'elle, et enfin, comme il commençait à se fâcher, elle ajouta :

— Eh bien ! puisque vous voulez le savoir, on m'a enseigné un secret qu'on dit sûr, et le voici. Il faut aller, pendant trois nuits consécutives, à la porte de l'église, puis à chaque fois faire trois tours en dehors sans parler ; dire ensuite trois *Pater* en l'honneur de Dieu et des apôtres : enfin, creuser avec le talon un trou dans la terre. Le troisième jour, on revient examiner la fossette ; si elle est ouverte, c'est un garçon qu'on doit avoir, mais

si on la trouve fermée, c'est une fille. J'ai
donc entrepris avant-hier ma dévotion, je
viens de finir mon dernier tour, et je saurai
demain à quoi m'en tenir ; ou plutôt, comme
le jour est déjà commencé, je puis le savoir dès
l'instant même, si vous voulez.

A ces mots, elle pria son mari de retourner
à l'église avec elle. Il eut beau alléguer des
excuses et prétendre qu'il serait assez tôt d'y
aller pour la messe, elle le pressa tant, elle
montra un besoin si extravagant de contenter
son envie que le bon écuyer, par égard pour
l'état respectable où elle disait être, consentit
à l'accompagner. Quoique déjà le jour fût
assez grand pour se conduire, elle voulut encore qu'il prît une lanterne, afin de mieux
voir.

Arrivée à la porte de l'église, elle lui montre
à quelques pas de là l'endroit prétendu où elle
dit avoir frappé du talon, et le prie d'aller voir
ce qu'elle doit attendre. Il s'approche, regarde,
ouvre sa lanterne, et crie qu'il ne voit point
de trou. A cette nouvelle, la demoiselle ac-

court transportée : elle se jette à son cou, pleure de joie, l'embrasse aussi et revient chez lui au comble du bonheur.

Traduit du trouvère RUTEBEUF (XIIIe siècle).

III

L'HOMME EN MAL D'ENFANT

Un imbécile, nommé Calendrin, devenu possesseur d'une somme de deux cents livres par la mort d'une de ses tantes, se crut un des plus riches particuliers d'Italie. Il se mit en tête d'acheter une métairie. Il n'y avait homme dans Florence qui pût lui donner des renseignements sur un achat de cette nature, qu'il ne consultât. Eût-il eu deux mille écus à y employer, il n'eût pas fait plus de démarches, il n'y eût pas attaché plus d'importance. Il fut obligé

de renoncer à tous les marchés qu'il entama :
le prix se trouvait toujours au-dessus de ses
forces. Deux de ses amis, Lebrun et Bulfamaque, qui éclairaient sa conduite, lui remon-
trèrent plusieurs fois qu'il serait bien plus
sage à lui d'employer son argent à régaler
ses amis qu'à une acquisition qui ne lui convenait en aucune manière. Mais leurs conseils
n'avaient pas fait impression sur son âme, et
n'avaient pu l'amener à leur donner à dîner
une seule fois. Comme ils s'en plaignaient un
jour, arrive un de leurs compagnons nommé
Nello. On délibéra sur la manière dont il faudrait s'y prendre pour se régaler aux dépens
de Calendrin. On convint d'un projet dont
voici l'exécution.

Le lendemain, Calendrin sort de sa maison ;
il n'est pas encore fort éloigné que Nello
l'aborde.

— Bonjour, Calendrin.

— Bonjour, Nello.

Après les compliments d'usage, Nello fixe
Calendrin avec une attention mêlée de surprise.

— Que considères-tu donc ? dit Calendrin

— N'as-tu pas senti quelque chose, cette nuit ? Tu me parais absolument changé.

— Comment ! que dis-tu ? que crois-tu donc qu'il me soit arrivé ?

— Je ne sais ! quoi qu'il en soit, tu n'es pas comme à ton ordinaire, et Dieu veuille que ce ne soit pas ce que j'ai lieu d'imaginer ! » Sur ces mots, Nello laisse aller Calendrin. Celui-ci prévenu, inquiet, n'éprouvant cependant aucun mal, rencontre Bulfamaque à quelques pas, qui, l'ayant salué, lui demanda s'il ne sentait rien.

— Je ne sais ; Nello, que je viens de rencontrer, m'a dit que je lui paraissais tout changé ; serait-il bien possible que j'eusse quelque chose ?

— Si, tu as quelque chose ! assurément, tu sembles à demi mort.

A ces mots, Lebrun survint.

— Ah ! Calendrin, quel visage as-tu ? On te prendrait pour un mort. Comment te trouves-tu ?

Ces trois rapports si uniformes, et qui avaient l'air d'être si peu concertés, persuadèrent Calendrin qu'il était effectivement malade.

— Que dois-je faire? demanda-t-il douloureusement à ses amis.

— Si tu m'en crois, dit Lebrun, tu te mettras dans ton lit ; tu te couvriras bien ; tu enverras de ton urine à maître Simon, le médecin, qui, comme tu le sais, est absolument dévoué à nos intérêts ; il découvrira le genre de ta maladie et t'en prescrira le remède. Nous voulons t'accompagner, et, s'il est besoin de te faire quelque chose, nous sommes à ton service.

Nello les rejoignit, et tous trois suivirent Calendrin dans sa maison. Dès qu'ils furent arrivés, Calendrin dit tristement à sa femme :

— Viens, ma femme, viens me couvrir, car j'éprouve une grande douleur.

S'étant couché, son premier soin fut d'envoyer de son urine à maître Simon, qui pour lors demeurait au petit marché, à l'enseigne du Melon. Il chargea une petite fille de ce message. Lebrun alors dit à ses compagnons :

— Mes amis, demeurez ici ; moi je vais savoir la réponse du médecin, et je l'emmènerai s'il est nécessaire.

— Ah! oui, mon ami, dit Calendrin, va savoir toi-même ce que tout cela veut dire ; je me sens du mal par-ci, par-là ; cela me donne beaucoup d'inquiétude.

Lebrun part, arrive chez maître Simon avec la petite fille et lui fait part de tout le complot. La messagère entre avec la bouteille d'urine. Le médecin l'examine avec attention.

— Retourne, ma mie, vers Calendrin ; dis-lui de se tenir chaudement ; dans un instant j'irai le voir ; je lui dirai quel mal il a et quel régime il doit garder pour s'en débarrasser.

La messagère revient, fait son rapport, et un moment après entre Lebrun accompagné du médecin. Il tâte le pouls du malade et lui dit en présence de sa femme :

— Calendrin, mon ami, si tu veux que je te

parle vrai, tu n'as d'autre mal que d'être gros d'enfant. A cette nouvelle inattendue, Calendrin désespéré s'écrie :

— Ah ! ma femme, c'est toi qui m'as mis dans cet état. Je te l'avais bien dit ; tu n'as jamais voulu me croire, et, malgré mes remontrances, tu as toujours voulu te mettre sur moi et renverser l'ordre établi par la nature.

La femme, qui était très honnête, rougit et quitta la chambre : mais Calendrin continua :

— Ah ! malheureux que je suis ! Que vais-je devenir ? que puis-je faire ? Comment accoucherai-je ? par où l'enfant pourra-t-il sortir ? Je vois bien qu'il faut mourir et mourir par la rage de cette maudite femme. Dieu puisse-t-il lui faire autant de mal que je me désire de bien ! Si j'étais aussi sain que je le suis peu, je me lèverais bientôt ; je prendrais un baton et lui donnerais tant de coups que je la mettrais en pièces. Cependant, si je suis puni, il faut convenir que je le mérite bien ; je ne devrais jamais condescendre à ses volontés. Mais si je puis en revenir, qu'elle soit persuadée que je la verrai mourir mille fois plutôt que de la satisfaire à cet égard.

Lebrun, Bulfamaque et Nello faisaient tous leurs efforts pour s'empêcher de rire. Pour le médecin, il se donnait libre carrière ; il éclatait si fort, il ouvrait si largement la bouche qu'on eût pu sans peine lui arracher les dents. Enfin, Calendrin eut recours à lui, se recommanda à son art et le pria instamment de lui donner dans cette détresse ses conseils et ses soins. Le médecin lui dit obligeamment : « Mon ami, il ne faut pas tant te tourmenter. Grâce à Dieu, je me suis assez tôt aperçu de ton mal pour lui apporter un remède aussi prompt qu'efficace ; mais il t'en coûtera un peu.

—Hélas ! Monsieur, j'ai deux cents livres avec lesquelles je voulais acheter une métairie ; prenez-les, s'il le faut ; je les sacrifie volontiers pour me tirer de l'embarras où je suis et pour n'être pas dans le cas d'accoucher, car, en vérité, je doute que je puisse soutenir une si pénible opération. J'ai dans ce moment entendu les femmes crier si fort, et n'étant pas conformé comme elles, je vois bien qu'il faudrait en mourir.

— N'aie aucune inquiétude, mon ami; je vais te préparer un breuvage très agréable qui, dans trois matinées, te tirera d'affaire et te rendra plus sain qu'auparavant. Mais, dans la suite, sois sage, et garde-toi bien de retomber dans tes anciennes folies. Pour composer l'eau que tu dois boire, il faut une demi-douzaine de chapons gras, et pour les autres drogues qu'on doit y mêler tu donneras à Lebrun cinq livres; il les achètera et me fera tout porter dans ma boutique. Je t'enverrai demain matin, s'il plaît à Dieu, cet excellent breuvage dont tu boiras un grand verre tous les jours.

— Monsieur, lui répondit Caléndrin, je remets tout entre vos mains.

Il donna cinq livres à Lebrun, outre l'argent nécessaire pour acheter les chapons, et le pria de vouloir bien se donner la peine d'en faire l'emplette pour l'amour de lui.

De retour chez lui, le médecin fit faire un bouillon qu'il envoya au prétendu malade.

Lebrun, ayant acheté les chapons et tout ce qui devait les accompagner, revint avec Bulfamaque et Nello. On but et l'on mangea en l'honneur de Calendrin. Celui-ci prit son bouillon pendant trois jours de suite. Ses amis vinrent le voir. Le médecin, lui ayant tâté le pouls, lui dit :

— Calendrin, te voilà absolument guéri. Lève-toi, maintenant, tu peux sortir quand il te plaira.

Le sot se lève, va à ses affaires, court la ville, et vante partout sa cure merveilleuse que maître Simon a faite sur lui. Lebrun, Bulfamaque et Nello étaient charmés d'avoir pu tromper l'avarice de Calendrin ; mais la femme de ce dernier, s'étant aperçue du tour, s'en vengea en grondant son benêt de mari.

BOCCACE.

IV

LA FILLE DE TROIS COULEURS

IL y avait à Paris, dans la rue du Fouarre, une grande fille, qui était aimée de trois hommes, qui tous trois avaient un goût différent, et qui, bien qu'ils se connussent, ne savaient pas qu'ils étaient rivaux. La fille avait su adroitement ce qui plaisait davantage à chacun : le premier aimait les brunes ; il voulait que sa maîtresse fût en blanc, presque toujours en déshabillé, coiffée en grisettte, mais avec un certain goût exquis, dont il cita un modèle ; qu'elle eût une chaussure mignonne, mais à talons bas et minces, et qu'elle fût presque toujours en mules blanches. Le second aimait les blondes : il demandait une grande mise, un air de langueur, une coiffure en cheveux, et la frisure la plus chargée ; il avait une passion pour la couleur rose ; il souhaitait que les robes, les chaussures fussent de cette couleur favorite ; que le soulier de sa belle et ses mules eussent un talon de six pouces, arqué, mince, et qu'elle pût à peine se soutenir en marchant ; il disait que les femmes ne sont pas faites pour courir et qu'on ne peut trop gêner leur marche. Enfin, le troisième avait souvent témoigné à ses amis qu'il aurait adoré une jolie rousse, qui n'aurait eu aucune mauvaise odeur. Mais son goût particulier pour la parure était le vert, et, quant à la hauteur de la chaussure, il tenait justement le milieu entre les deux autres.

La jeune coquette, nommée Virginie, ayant su tout cela, de la manière que je vais conter, entreprit de captiver ces trois hommes

et de les satisfaire également. Elle était
blonde : elle allait sous sa forme naturelle,
dans un jardin public, où celui qui aimait les
blondes se promenait tous les jours, et l'y
voyait parée comme il désirait. Elle le
charma facilement, et, avec un peu d'adresse,
elle lui laissa faire connaissance. Il lui pro-
posa d'amener ses amis chez elle, pour faire
des parties de petits soupers.

— Je suis fort jaloux, ajouta-t-il ; mais je
n'ai rien à craindre d'eux ; nous avons un
goût absolument différent. L'un n'aime que
les brunes, et une parure de grisette, mais
propre ; l'autre.... le dirai-je ? n'a du goût
que pour les rousses. Cela est heureux ! nous
réunirons souvent nos maîtresses, quand ils
auront trouvé ce qu'il leur faut, et nous
serons en sûreté les uns contre les autres.

Ce langage donna de grandes idées à
Virginie. Elle se prétendit fort gênée par sa
mère, et fit en sorte de persuader à son
amant, qu'elle ne pouvait le voir que tous les
trois jours ; mais c'était pour faire la con-

quête des deux autres. Dès le lendemain, elle
se mit à portée d'être aperçue de celui qui
aimait les brunes : une poudre noire lui donna
des cheveux d'ébène ; elle se noircit les
sourcils, et parut la fille la plus brune de
France : elle fit donc cette seconde conquête,
au moyen de toutes les autres choses qu'il
aimait dans la mise. Enfin, elle rechercha les
occasions d'être remarquée de l'amateur des
rousses ; elle avait les cheveux couleur de
safran vif, ainsi que les sourcils ; de sorte
qu'à l'aide de beaucoup de poudre à la maré-
chale et d'une certaine teinture, elle charma
ce troisième adorateur.

Ainsi fournie de trois amants, elle mit
toute son étude à les conserver, et elle y
réussit à merveille, parce qu'étant très inté-
ressée, elle était aussi très complaisante.

Or, ce n'était pas une petite adresse que de
conserver trois hommes qui se connaissaient !

Le premier, qui aimait les blondes, dit un
jour à son ami, qui aimait les brunes :

— J'ai une jolie maîtresse : c'est une

grande fille faite au tour, qui se nomme Virginie.

— Virginie ! Parbleu, j'ai aussi une jolie maîtresse faite au tour qui se nomme Virginie.

— La mienne est toujours mise du dernier goût, en rose : elle a surtout un tact pour sa chaussure que rien n'égale ; elle trébuche à chaque pas de la manière la plus voluptueuse.

— A la bonne heure. La mienne est chaussée très bas ; elle a une marche facile, dégagée, pleine de volupté. Elle est brune et blanche de peau comme un lis.

— Bon ! la mienne est blonde, ainsi nos maîtresses n'ont de commun que le nom.

Comme ils en étaient là, ils virent arriver leur troisième ami, celui qui aimait les rousses.

— Je suis charmé de vous voir, leur dit-il : je me trouve très heureux depuis que je ne vous ai vus. J'ai une maîtresse charmante, grande, faite au tour et qui a le plus beau des noms ; elle se nomme Virginie. Les deux autres éclatèrent de rire.

— Parbleu, voilà une singulière aventure, dit l'un d'eux ; nous avons chacune une maîtresse grande et bien faite qui se nomme Virginie.

— Sous quel poil est la tienne ?

— Comme je le demande. La nature semble me l'avoir faite exprès ; elle est du roux doré le plus agréable.

— Nous voilà frères, dit le blondiste, autant par le nom de nos maîtresses que par notre amitié. Il faut les réunir et faire une partie avec ces trois beautés que nous lierons par l'amitié autant que nous le sommes. Et leur mise se ressemble-t-elle ? La mienne n'aime que le blanc.

— La mienne que le rose.

— La mienne que le vert.

— La mienne aime les talons bas.

— La mienne, les talons élevés.

— La mienne évite les deux extrêmes ; elle se chausse toujours en vert !

— La mienne toujours en blanc.

— La mienne toujours en rose. Tout lui va.

— Tout va de même à ma Virginie ! s'écrièrent les deux autres.

— Quel jour prendrons-nous ?

— Le lundi ou le jeudi.

— Cela ne se peut pas pour la mienne : elle ne peut sortir, et je ne la vois jamais que les mardis et vendredis.

— Et moi, la mienne, que les mercredis et les samedis, jamais le dimanche.

— Ni la mienne ! dirent les deux autres.

— Il faut renoncer à les réunir, à moins d'obtenir une exception.

— Nous verrons cela.

Ils le virent en effet ; et comme ils dirent la raison du changement qu'ils désiraient, Virginie n'eut garde de changer le jour d'aucun, ni de donner le dimanche à l'un des trois : les deux autres étant libres ce jour-là, ils auraient pu se trouver avec lui.

Il s'écoula plusieurs années de la sorte ; mais enfin, quand il n'y a pas certains arrangements mieux combinés que l'était celui de Virginie, tout se découvre à la fin.

Les trois amis voulurent absolument se montrer leur maîtresse : ils en formèrent la résolution en soupant ensemble, et ils s'étonnèrent de ne s'y être pas entêtés plus tôt ; chacun se promettant de faire admirer la sienne aux deux autres, et de les forcer de convenir qu'elle l'emportait en beauté.

Celui qui avait le jour le plus proche était le bruniste. Il fit cacher ses deux amis dans la chambre où il voyait Virginie, et comme une des conditions de cette fille était qu'elle ne serait jamais vue de personne, il fut convenu que les deux amis ne se montreraient pas.

Lorsqu'elle parut, ni l'un ni l'autre des deux rivaux cachés ne reconnut sa maîtresse : ils s'accordèrent à la trouver très aimable, quoique inférieure, dirent-ils, à celle qu'ils aimaient. Mais lorsqu'elle parla ; tous deux furent également étonnés de reconnaître le son de sa voix pour celui, l'un de sa blonde, l'autre de sa rousse.

— C'est la voix de la mienne !

— C'est la voix de la mienne ! se dirent-ils en même temps.

Tous les autres détails convenaient également aux trois Virginie ; ce qui ne faisait qu'accroître leur surprise ! Elle s'en alla, et les deux cachés vinrent communiquer leur étonnement à leur ami.

— Parbleu ! nous verrons cela demain ! leur dit-il.

Le lendemain était le tour du blondiste, Virginie arriva sur ses hauts talons et parut beaucoup plus grande aux deux cachés.

— Ce n'est pas la même, dirent-ils ensemble. C'est une jolie blonde ! Elle est plus grande que ma brune.

— Elle l'est un peu plus que ma rousse. Tandis qu'ils chuchotaient ainsi ensemble, Virginie parla.

— C'est la voix de la mienne ! se dirent les deux cachés. Cependant, ils prirent patience jusqu'à ce qu'elle fût partie.

— Voilà qui est singulier, se dirent-ils tous les trois. Il faudra éclaircir ceci.

Le lendemain, le roussiste fit cacher à son tour ses deux amis. Virginie arriva rousse comme une vache.

— Fi donc ! Ce n'est pas ma Virginie ! dirent les deux cachés. Mais à ses manières, c'était déjà la même chose.

Enfin, elle parla. Pour le coup, ils perdirent patience et se montrèrent. Virginie, en les voyant, ne se déconcerta pas. Elle se plaignit seulement à son amant le roussiste de ce qu'il la divulguait. Les deux amis l'examinèrent ; mais toute leur attention ne pouvait leur faire reconnaître autre chose que le son de sa voix, lorsqu'un d'eux s'avisa de dire :

— Mais, où demeurez-vous, Mademoiselle ?

— Rue du Chantre.

— La mienne demeure rue des Bons-Enfants.

— La mienne, rue Champfleuri.

— Parbleu ! il est bien singulier qu'une même personne réunisse tant de ressemblances et de dissemblances à la fois !

— Vous mériteriez, Monsieur, dit Virginie

à son amant, que je rompisse avec vous, pour
m'exposer à tout ce que j'entends et à tout ce
que je vois : mais je vous aime, et vous en
abusez. Adieu.

— Un mot, Mademoiselle, dit le bruniste ;
il ne serait pas impossible que vous connussiez
mon amie : elle se nomme comme vous, et
elle demeure rue des Bons-Enfants, au second,
maison d'un limonadier.

— Oui, Monsieur, je la connais ; c'est une
fille charmante, d'une conduite exemplaire,
et je vous félicite d'en être aimé, car elle vous
adore. Mais elle est bien gênée ! Elle a une
mère terrible !... C'est ma bonne amie, et
nous avons toutes les manières l'une de
l'autre ; ainsi qu'une troisième qui demeure
rue Champfleuri, tout à l'entrée, qui se
nomme Manette.

— Manette ! dit le blondiste. — Oui, quoique avec son amant, elle porte mon nom,
qu'elle a trouvé plus agréable que le sien.

— Et quel est le nom de votre autre amie ?

— Françoise ou Fanchette ; mais nous

sommes convenues toutes trois, pour embarrasser nos mères, en cas de découverte de l'une de nos aventures, de porter toutes trois, avec nos amants, le nom de Virginie: aussi jamais nous ne voulons nous trouver ensemble avec eux, parce que cela détruirait l'effet de nos précautions.

— Voilà ce que c'est! s'écrièrent les trois hommes: l'aventure est unique et charmante!

— Nous nous sommes étudiées à nous donner non seulement les mêmes manières, mais encore le même son de voix: l'attention et l'habitude font tout.

— Cela est merveilleux! car, enfin, ce n'est pas une fable! Nous connaissons trois filles de couleur différente et qui se ressemblent pour tout le reste!

Ils laissèrent partir Virginie, la rousse, enchantés de leur bonheur, d'avoir pour maîtresses trois jeunes personnes si tendres et si spirituelles, et qui étaient trois amies comme ils étaient eux-mêmes trois amis. Ils s'attachèrent plus fortement que jamais à Virginie, et ils lui firent des présents multipliés qui l'enrichirent triplement.

A le bien prendre, elle leur était fidèle à chacun : sa conduite était réservée avec tout le monde ; et, si elle avait pu se tripler, comme elle changeait de couleur, elle n'aurait eu rien à se reprocher à leur égard.

Mais, à la fin, il arriva qu'elle devint mère de deux enfants d'une seule couche. Comme elle était grande, elle pouvait cacher longtemps sa situation : ce fut ce qu'elle fit avec l'un de ses trois amants ; elle le dit tout uniment à l'un des deux autres, et, quant au troisième, elle lui annonça qu'elle était dans une situation douteuse, et se confia pour l'événement à son bonheur accoutumé. Il aurait été assez maladroit qu'elle eût permis à l'un de ses amants d'assister à ses couches : aussi les éloigna-t-elle absolument tous deux. Lorsqu'on lui annonça qu'elle avait deux enfants, elle en fut ravie, surtout quand elle sut que c'était garçon et fille. Elle fit chercher

les meilleures nourrices, et en prit tant de
soin qu'elle les conserva. Un seul fut baptisé
sous le nom du bruniste et celui de Virginie ;
la fille fut secrètement réservée... Mais il
faut reprendre ici la conduite des trois
amants, où le fil en a été interrompu.

Lorsque Virginie s'était vue grosse, le
bruniste, à qui elle l'avoua le premier, en
avertit ses deux amis.

— Parbleu, j'en suis charmé, dit le roussiste : nous verrons un peu si nos trois maîtresses ont le secret de tout faire de même.

Dès qu'il vit la sienne, il s'informa. Elle
l'assura qu'elle était dans une situation différente de son amie la brune. Le blondiste, de
son côté, en fit autant. Même réponse : ce ne
fut que plus de trois mois après que Virginie
la blonde lui dit qu'elle doutait de sa situation. Cette différence était suffisante. Tous
les jours les trois amis s'interrogèrent.

La mienne avance.

La mienne doute toujours.

La mienne n'a rien encore.

Voilà pourtant une différence enfin, s'é-
crièrent-ils tous trois.

Quand Virginie accoucha, elle sut donner
encore un temps différent à la naissance des
deux jumeaux ; elle n'avoua que le fils au
bruniste, parce que le garçon était brun
comme son père ; elle assura sa grossesse au
blondiste, et elle ne lui parla en son temps
que de la fille dont elle feignit d'accoucher,
et qu'elle fit baptiser sous le nom du blondiste et de Manette. Il n'y eut rien pour le
troisième.

Les trois amants s'étant réunis, le bruniste
dit aux deux autres :

— Ma Virginie est heureusement accou-
chée d'un beau garçon.

— La mienne est prête d'en faire autant,
dit le blondiste.

— La mienne fait toujours la fille, dit le
roussiste.

Le garçon fut envoyé avec sa nourrice
chez le bruniste, qui le fit voir à ses deux
amis. Quelques mois après, Virginie fit

avertir le blondiste qu'il était père d'une fille.
Il courut trouver ses amis :

— Je suis père, et c'est une fille.

— Parbleu ! les trois amies savent différer
quand elles veulent, dit le roussiste : n'au-
rai-je donc pas le même bonheur que vous ?

Les autres le raillèrent sur la stérilité de sa
maîtresse, car ils étaient transportés de joie
de leur paternité. Le pauvre roussiste fut très
fâché, surtout lorsqu'il vit la fille de son ami,
qui lui fut apportée par la nourrice. C'était
la plus jolie petite creature que l'on puisse
voir ; elle souriait déjà, ce qui parut d'un bon
augure à de vieux célibataires, qui ne savaient
pas comme est un enfant le jour de sa naissance. Le roussiste enrageait encore davantage : mais il fallut bien qu'il prit patience
environ six mois, que Virginie accoucha une
seconde fois d'une fille presque rousse. Il est
inutile de dire qu'elle avait caché sa seconde
grossesse aux deux autres, et qu'elle ne
l'avait avouée qu'au roussiste, qui en avait
été assez fier. Mais, en se voyant une fille

rousse, la tête pensa lui tourner de joie.

Voilà donc les trois amis également heureux, et Virginie si riche qu'elle possédait plus de soixante mille livres de rente, chacun de ses amants, tous dans la finance, lui ayant fourni les fonds pour vingt ou vingt-cinq.

Mais la vérité vient toujours à se découvrir. Au bout de quelque temps, ses trois galants avaient eu mille occasions de concevoir des soupçons à son sujet, soupçons qui devenaient plus forts de jour en jour, parce qu'aimant beaucoup moins deux d'entre eux, elle s'occupait davantage à conserver le bruniste ; elle sortait souvent avec lui par complaisance.

Un jour donc, le bruniste engagea la belle à venir dîner avec lui dans une maison qu'il lui nomma et qu'elle connaissait : il lui donna la liste de tous les convives, en l'assurant qu'il n'y en aurait point d'autres. Il était de bonne foi, et il ne la trompait pas. On se mit à table, et le dîner se passa tranquillement.

Mais, vers la fin du repas, un domestique vint annoncer le blondiste par un nom inconnu à Virginie. Le maître de la maison lui fit dire d'entrer, mais il pria qu'on l'en dispensât, ajoutant qu'il attendrait dans le salon auprès du feu. Un instant après, on annonça le roussiste, aussi par un nom que Virginie ne savait pas, il fit comme le premier. Le dîner achevé, on passa auprès du feu. La surprise de Virginie fut extrême, en voyant ses trois amants réunis dans une même maison ; cependant, elle ne se déconcerta point : elle s'était déjà trouvée dans une pareille circonstance, et elle s'était tirée avec honneur de ce mauvais pas. Elle prit un air aisé, riant, et parla sans se gêner. Le bruniste, qui vit ses deux amis, se douta de quelque chose. Il tâcha de leur dire un mot en particulier. Ils lui avouèrent que l'un d'eux, le blondiste, ayant aperçu Virginie monter en voiture avec lui, ils l'avaient fait suivre dans la résolution d'éclaircir une bonne fois leurs doutes à son sujet.

— Nous nous sommes accordés ; nous avons été chacun demander notre maîtresse ; on nous a répondu qu'elle était sortie, sans nous dire où elle était allée. Comme nous savions où vous dîniez, nous avons envoyé chercher nos enfants, la sage-femme et les nourrices : tout cela doit arriver, et paraîtra, s'il est nécessaire, lorsque nous aurons encore observé notre commune.

— Ce n'est pas mon avis, dit le bruniste, que nous fassions un éclat dans cette maison : si vous voulez m'en croire, vous renverrez tout votre monde chez ma Virginie, rue des Blancs-Manteaux, où elle demeure depuis quelque temps, et là, nous découvrirons la vérité.

Les deux amis suivirent le conseil du troisième : ils continuèrent d'examiner Virginie ; ils lui adressèrent la parole, ils rirent, ils causèrent avec elle. Elle s'y prêta de bonne grâce, et avec tant d'enjouement qu'ils eurent quelquefois des doutes ; mais, à la fin, ils la reconnurent parfaitement à une infinité de

marques. Ils n'en firent pas semblant. A
l'heure du départ, ils la laissèrent et sortirent
un instant avant elle. Les enfants, les nourrices et la sage-femme étaient déjà chez la
Virginie des Blancs-Manteaux : ainsi, lorsqu'elle arriva, elle trouva dans son appar-
tement trois enfants, trois nourrices, la sage-
femme et ses trois amants. On ne dit rien
autre chose à la sage-femme, sinon :

— Madame, voilà les enfants que vous
avez reçus ? ils sont charmants. En voilà deux
jumeaux qui sont aussi bien venus que s'ils
avaient été seuls.

— Il est vrai, Monsieur, répondit-elle au
blondiste, qui l'interrogeait, mais ils ont la
plus jolie et la meilleure des mères. Je ne
saurais vous exprimer combien elle fut
joyeuse de se voir ces deux jumeaux ! Elle n'a
pas été moins satisfaite à la naissance de la
troisième, surtout de ce qu'elle était rousse :
ce qui vient, je crois, de ce que madame a
toujours été poudrée en rousse, en la portant.

Après avoir reçu ces lumières, on fit un

présent à la sage-femme, et on la renvoya très contente. On fit ensuite reconnaître leur mère à chacun des enfants, ce qui ne fut pas difficile : tous trois l'appelèrent maman, en lui faisant de petites caresses qu'elle ne put repousser. On les renvoya aussi.

Restés seuls avec elle, les trois amants regardèrent Virginie.

— Hé bien, mademoiselle ! dit le blondiste.

— Hé bien, perfide ! dit le roussiste.

— Que nous direz-vous ? s'écria le bruniste en riant.

— Que vous êtes des fous, qui avez cherché à détruire votre bonheur, que je me tuais à faire. N'étiez-vous pas heureux ? Que vous manquait-il ? Vous n'avez plus rien à présent. Applaudissez-vous de votre finesse ! les effets en sont admirables ! Pour moi, je renonce à tous trois ; je ne veux, je ne puis ni vous voir ni vous parler. Ingrats ! je suis sûre que vous croyez avoir à vous plaindre de moi ! mais ne vous plaignez que de vous-mêmes et de votre

folie. Je vous avoue que je me croyais re-
connue, depuis la dernière rencontre où vous
me vîtes tous trois ensemble: je vous prêtais
des idées assez raisonnables pour croire que
vous consentiez d'être heureux d'une manière
aussi flatteuse pour votre amitié que pour
l'amour; je me suis trompée, vous n'êtes que
des hommes ordinaires; de cet instant, je
vous abhorre. Mais je garderai, j'aimerai mes
enfants : les dons que vous leur avez faits
serviront à les élever. Adieu, cruels ennemis
de vous-mêmes.

Les trois hommes furent si surpris de ce
langage qu'ils en demeurèrent immobiles.
Enfin le bruniste présenta la main à Virginie.

— Distingue-moi des coupables, lui dit-il,
je ne le suis pas, et c'est malgré moi qu'ils
ont agi.

— Non, mon cher Des Rosiers, lui répondit-elle. Vous n'êtes pas le premier de mes
amants ; je n'aurais jamais eu que vous, si
vous aviez commencé. D'ailleurs ce n'est pas
ma couleur naturelle que vous aimez ; je suis

réellement blonde, comme vous le verrez
quand il vous plaira ; je ne veux plus être
fausse.

— Je t'aimerai blonde ; ce n'est plus ta couleur, c'est toi que j'aimerai.

Chacun des amants tint le même langage,
et peu s'en fallut que Virginie ne continuât
de les avoir tous trois. Mais elle a refusé, elle
n'en reçoit plus aucun que comme ami.
Encore veut-elle qu'ils soient tous les trois
ensemble : c'est le tempérament qu'elle a pris
pour conserver amis ceux qu'elle avait
trompés comme amants.

RESTIF DE LA BRETONNE.

<h1 style="text-align:center">V</h1>

BORGNE ET COCU

HARLES, dernier duc d'Alençon, avait un valet de chambre borgne, qui se maria avec une femme beaucoup plus jeune que lui. Le duc et la duchesse aimaient ce domestique autant que domestique de cet ordre qui fût en leur maison, ce qui était cause qu'il ne pouvait aller voir sa femme aussi souvent qu'il l'eût voulu. La femme, qui ne s'accommodait pas d'une si longue absence, oublia tellement son honneur et sa conscience, qu'elle s'amouracha

d'un gentilhomme du voisinage. On en parla
enfin, et le bruit en fut si grand qu'il parvint
jusqu'au mari, qui ne pouvait le croire, tant
sa femme lui témoignait de l'amitié. Il résolut
néanmoins, un jour, de savoir ce qui en était,
et de se venger, s'il le pouvait, de celui qui
lui faisait cet affront

Pour cet effet, il feignit d'aller en quelque
lieu près de là pour deux ou trois jours seulement. Il ne fut pas plus tôt parti que la femme
envoya quérir le galant. A peine avaient-ils
été demi-heure ensemble, que le mari arrive.
et heurte de toute sa force. La belle, qui
connut bien que c'était son mari, le dit à son
amant, qui en fut si étonné qu'il eût voulu
être encore au ventre de sa mère. Comme il
pestait contre elle et contre l'amour qui l'a-
vait exposé à un tel danger, la belle le rassura
et lui dit de ne se mettre point en peine ;
qu'elle trouverait moyen de le tirer d'affaire
sans qu'il lui en coutât rien, et qu'il n'avait
qu'à s'habiller le plus promptement qu'il le
pourrait. Le mari cependant heurtait toujours

et appelait sa femme à tue-tête; mais elle faisait semblant de ne pas le connaître.

— Que ne vous levez-vous, disait-elle tout haut au valet, pour aller faire taire ceux qui font tant de bruit à la porte? Est-il heure de venir chez des gens d'honneur? Si mon mari était ici, il vous en empêcherait bien.

Le mari, entendant la voix de sa femme, l'appela de toutes ses forces et criant :

— Ma femme, ouvrez-moi; me ferez-vous rester à la porte jusqu'au jour?

Quand elle vit que son amant était prêt de sortir :

— O mon mari, que je suis aise que vous soyez venu! Mon esprit s'occupait à un songe qui me faisait le plus grand plaisir que j'ai reçu de ma vie. Il me semblait que votre œil était devenu bon.

Sur cela, elle l'embrassa et le baisa, et, le prenant par la tête, elle lui fermait d'une main son bon œil et lui demandait s'il ne voyait pas mieux que de coutume? Pendant que le mari avait l'œil fermé, le galant s'évada.

Le mari s'en défia et lui dit :

— Je ne vous observerai plus, ma femme : je croyais vous tromper; mais j'ai été la dupe, et vous m'avez fait le tour le plus fin qu'il soit possible d'imaginer. Dieu veuille vous convertir; car il n'y a pas d'homme qui puisse ramener une méchante femme, à moins que de la faire mourir. Mais puisque les égards que j'ai eus pour vous n'ont pu vous rendre plus sage, peut-être que le mépris avec lequel je veux désormais vous regarder, vous sera plus sensible et produira un meilleur effet.

Après cela il s'en alla et la laissa bien étonnée. Cependant la sollicitation des parents et des amis, les excuses et les larmes de la femme l'obligèrent de revenir encore avec elle.

Marguerite de Navarre.

VI

COMMENT GARGANTUA

PAYA SA BIENVENUE AUX PARISIENS

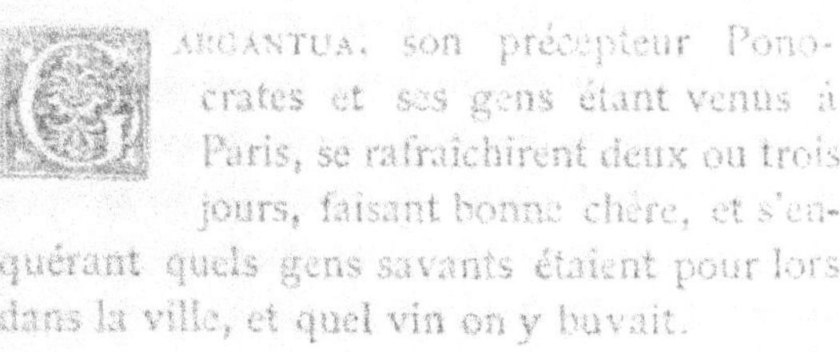

ARGANTUA, son précepteur Ponocrates et ses gens étant venus à
Paris, se rafraîchirent deux ou trois
jours, faisant bonne chère, et s'en-
quérant quels gens savants étaient pour lors
dans la ville, et quel vin on y buvait.

Le lendemain (après boire, bien entendu),
Gargantua visita la ville, et fut vu de tout le
monde en grande admiration. Car le peuple

de Paris est si sot, si badaud et si naturelle-
ment inepte, qu'un bateleur, un porteur de
rogatons, un mulet avec ses cymbales, un
joueur de vielle au milieu d'un carrefour,
assemblera plus de gens que ne ferait un bon
prêcheur evangélique. Et tant molestement le
poursuivit-on qu'il fut contraint de se reposer
sur les tours de l'église Notre-Dame. Auquel
lieu étant, et voyant tant de gens à l'entour de
soi, dit clairement :

— Je crois que ces maroufles veulent que je
leur paie ici ma bienvenue. C'est justice. Je
leur vais donner le vin, mais ce ne sera que
par ris.

Lors, en souriant, détacha sa belle bra-
guette, et les compissa si aigrement qu'il en
noya deux cent soixante mille quatre cent dix-
et-huit, sans les femmes et petits enfants.

Quelques-uns d'iceux évadèrent ce pissefort
grâce à la légèreté de leurs pieds, et quand ils
furent au plus haut de l'Université, suant,
toussant, crachant, et hors d'haleine, ils com-
mencèrent à renier et à jurer : « Les plaies de

Dieu ! Je renie Dieu ! La mère Dieu ! Pro cab de bious ! Das dich Gots leyden schend ! Pote de Christo ! Ventre Saint-Quenet ! Vertuguoy ! Par Saint-Fiacre de Brie ! Par Saint-Treignant ! Je fais vœu à Saint-Thibault ! Pâques Dieu ! Le bonjour Dieu ! Le diable m'emporte ! Foi de gentilhomme ! Par Saint-Andouille ! Par Saint-Quodegrin, qui fut martyrisé de pommes cuites ! Par Saint-Pontin l'apôtre ! Par Saint-Mamye ! Nous sommes baignés *par ris*. Dont fut depuis la ville nommée *Paris* (laquelle, auparavant, on appelait Leuctèce, comme dit Strabon, c'est-à-dire en grec blanchette, pour les blanches cuisses des dames dudit lieu). Et comme à cette nouvelle imposition du nom tous les assistants jurèrent chacun les Saints de sa paroisse, les habitants, qui sont par nature bons jureurs et bons juristes, et quelque peu outrecuidants, furent dits Parrhésiens ou Parisiens, c'est-à-dire fiers en parole.

Cela fait, Gargantua considéra les grosses cloches qui étaient dans les tours, et les fit sonner bien harmonieusement. Ce que faisant, la pensée lui vint qu'elles serviraient bien de sonnettes au cou de sa jument, laquelle il voulait renvoyer à son père toute chargée de fromages de Brie et de harengs frais. De fait, il emporta les cloches en son logis.

Cependant vint un commandeur jambonnier de Saint-Antoine, pour faire sa quête porcine : lequel, pour se faire entendre de loin et faire trembler le lard au charnier, les voulut emporter furtivement ; mais par honnêteté les laissa, non parce qu'elles étaient trop chaudes, mais parce qu'elles étaient quelque peu trop pesantes à porter.

Toute la ville fut émue en sédition : vous savez qu'à cela les Parisiens sont si enclins, que les nations étrangères s'ébahissent de la patience des rois de France, lesquels autrement par bonne justice ne les refrénent, vu les inconvénients qui en sortent de jour en jour. Le lieu auquel s'assembla le peuple, tout affolé et consterné, fut la Sorbonne, où était alors (il n'y est plus maintenant) l'oracle de

Leuctèce. Là fut proposé le cas, et remontré l'inconvénient des cloches transportées.

Après avoir bien ergoté pour et contre, il fut conclu que l'on enverrait le plus vieux et le plus suffisant de la faculté de théologie vers Gargantua, pour lui remontrer l'horrible inconvénient de la perte des cloches. Et, nonobstant la remontrance d'aucuns de l'Université, qui alléguaient que cette charge convenait mieux à un orateur qu'à un théologien, on choisit pour cette affaire notre maître Janotus de Bragmardo.

Maître Janotus, tondu à la César, vêtu de son chaperon théologal, l'estomac bien antidoté d'eau bénite de cave, se transporta au logis de Gargantua, précédé de trois bedeaux à rouge museau, et suivi de cinq ou six maîtres inertes, bien crottés à profit de ménage. A l'entrée, Ponocrates les rencontre, et il eut frayeur en soi, les voyant ainsi déguisés, et il pensait que ce fussent quelques masques hors du bon sens. Puis, il s'enquêta à quelqu'un desdits maîtres inertes de la

bande ce que signifiait cette momerie ? Il lui
fut répondu qu'ils demandaient les cloches
leur être rendues.

Aussitôt ce propos entendu, Ponocrates
courut dire la nouvelle à Gargantua, afin
qu'il fût prêt à répondre, et qu'il décidât sur-
le-champ ce qui était à faire. Gargantua
appela à part Ponocrates son précepteur,
Philotomie son maître d'hôtel, Gymnaste son
écuyer, et Eudémon ; et sommairement con-
féra avec eux sur ce qui était tant à faire
qu'à répondre. Tous furent d'avis qu'on les
menât au retrait du gobelet, et que là on les
fît boire théologalement ; et, afin que ce
tousseux n'entrât en vaine gloire pour avoir
à sa requête rendu les cloches, que l'on
mandât, pendant qu'il chopinerait, quérir le
prévôt de la ville, le recteur de la faculté et le
vicaire de l'église, auxquels, avant que le
théologien eût proposé sa commission, on
délivrerait les cloches. Après cela, eux étant
présents, l'on entendrait sa belle harangue.
Ce qui fut fait ; et, les susdits arrivés, le

théologien fut en pleine salle introduit, et
commença ainsi qu'il suit, en toussant :

— Ehen, hen, hen ! monsieur, messieurs !
Ce ne serait que bon que vous nous rendissiez
nos cloches, car elles nous font bien besoin.
Hen, hen, hasch ! Nous en avions bien autre-
fois refusé de bon argent de ceux de Londres
en Cahors et de ceux de Bordeaux en Brie, qui
les voulaient acheter. Si vous nous les
rendez à ma requête, j'y gagnerai dix pans de
saucisses, et une bonne paire de chausses,
qui me feront grand bien à mes jambes. Ho,
par Dieu. Ha, ha ! N'a pas paire de chausses
qui veut ! Je le sais bien, quant à moi.
Avisez. Il y a dix-huit jours que je suis à
matagraboliser cette belle harangue. O monsieur ! si votre jument se trouve bien de mes
cloches, ainsi fait notre faculté. Hen, hen,
ehen, ehasch! Ha, ha, ha ! C'est parlé, cela.
Hay ! *Domine*, je vous prie, *in nomine Patris et
Filii et Spiritus santi, amen*, que vous rendiez nos
cloches : et Dieu vous garde de mal et Notre-
Dame de santé. *qui vivit et regnat per omnia*

secula seculorum. Amen. Hen ! hasch ! enh ! hasch ! gren hasch ! Une ville sans cloche est comme un aveugle sans bâton, un âne sans croupière, et une vache sans cymbale. Jusques à ce que vous nous les ayez rendues, nous ne cesserons de crier après vous comme un aveugle qui a perdu son bâton, de braire comme un âne sans croupière, et de bramer comme une vache sans cymbales.

Le théologien n'eut sitôt achevé que Ponocrates et Eudémon s'esclaffèrent de rire tant profondément qu'ils en pensèrent rendre l'âme à Dieu. En même temps qu'eux commença à rire maître Janotus à qui mieux mieux, tant que les larmes leur venaient aux yeux.

Ces rires ayant cessé tout à fait, Gargantua consulta ses gens sur ce qu'il convenait de faire. Ponocrates fut d'avis qu'on fît reboire ce bel orateur, et, vu qu'il leur avait donné du passe-temps, qu'on lui baillât les dix pans de saucisse mentionnés en la joyeuse harangue, avec une paire de chausses, trois cents mesures de gros bois, vingt-cinq muids de vin, un lit à triple couche de plume d'oie et une écuelle bien capable et bien profonde : lesquelles disait être à sa vieillesse nécessaires.

Les cloches remises en leur lieu, les citoyens de Paris, par reconnaissance de cette honnêteté, s'offrirent d'entretenir et de nourrir sa jument tant qu'il lui plairait. Ce que Gargantua prit bien à gré. Et ils l'envoyèrent vivre en la forêt de Bièvre : je crois qu'elle n'y est plus maintenant.

RABELAIS.

VII

L'AVENTURE DU POT DE CHAMBRE

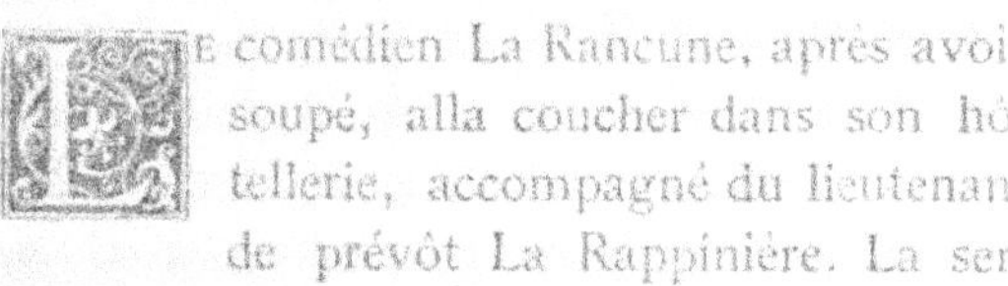

Le comédien La Rancune, après avoir soupé, alla coucher dans son hôtellerie, accompagné du lieutenant de prévôt La Rappinière. La servante de ce dernier, qui conduisait son maître, dit à l'hôtesse qu'on lui dressât un lit.

— Voici le reste de notre écu, dit l'hôtesse. Si nous n'avions point d'autre pratique que celle-là, notre louage serait mal payé.

— Taisez-vous, sotte, dit son mari, M. de

La Rappinière nous fait trop d'honneur ; que l'on dresse un lit à ce gentilhomme.

— Voir qui en aurait, dit l'hôtesse : il ne m'en restait qu'un, que je viens de donner à un marchand du Bas Maine.

Le marchand entra là dessus, et, ayant appris le sujet de la contestation, offrit la moitié de son lit à La Rancune, soit qu'il eût affaire à La Rappinière, ou qu'il fût obligeant de son naturel. La Rancune l'en remercia autant que la sécheresse de sa civilité le put permettre. Le marchand soupa, l'hôte lui tint compagnie et la Rancune ne se fit pas prier deux fois pour faire le troisième, et se mit à boire sur nouveaux frais. Ils parlèrent des impôts, pestèrent contre les maltôtiers, réglèrent l'État, et se réglèrent si peu eux-mêmes, et l'hôte tout le premier, qu'il tira sa bourse de sa pochette, et demanda à compter, ne se souvenant plus qu'il était chez lui. Sa femme et sa servante l'entraînèrent par les épaules dans sa chambre et le mirent sur un lit tout habillé.

La Rancune dit au marchand qu'il était

affligé d'une difficulté d'urine, et qu'il était
bien fâché d'être contraint de l'incommoder ;
à quoi le marchand lui répondit qu'une nuit
était bientôt passée. Le lit n'avait point de
ruelle et joignait la muraille ; la Rancune s'y
jeta le premier, et le marchand s'y étant mis
après, en la bonne place, La Rancune lui
demanda le pot de chambre.

— Et qu'en voulez-vous faire, dit le marchand ?

— Le mettre auprès de moi, de peur de
vous incommoder, dit La Rancune.

Le marchand lui répondit qu'il le lui donne-
rait quand il en aurait affaire ; et La Rancune
n'y consentit qu'à peine, lui protestant qu'il
était au désespoir de l'incommoder. Le marchand s'endormit sans lui répondre ; et à peine
commença-t-il à dormir de toute sa force, que
le malicieux comédien, qui était un homme à
s'éborgner pour faire perdre un œil à un
autre, tira le pauvre marchand par le bras,
en lui criant :

— Monsieur, oh ! Monsieur !

Le marchand tout endormi lui demanda en bâillant :

— Que vous plaît-il ?

— Donnez-moi un peu le pot de chambre, dit la Rancune.

Le pauvre marchand se pencha hors du lit, et, prenant le pot de chambre, le mit entre les mains de La Rancune, qui se mit en devoir de pisser ; et, après avoir fait cent efforts, ou fait semblant de les faire, juré cent fois entre ses dents, et s'être bien plaint de son mal, il rendit le pot de chambre au marchand sans avoir pissé une seule goutte. Le marchand le remit à terre, et dit, en ouvrant la bouche aussi grande qu'un four à force de bâiller :

— Vraiment, Monsieur, je vous plains bien ; et il se rendormit tout aussitôt.

La Rancune le laissa embarquer bien avant dans le sommeil, et, quand il l'ouït ronfler comme s'il n'eût fait autre chose toute sa vie, le perfide l'éveilla encore et lui demanda le pot de chambre aussi méchamment que la première fois. Le marchand le lui remit entre

les mains aussi bonnement qu'il avait déjà
fait ; et La Rancune le porta à l'endroit par où
l'on pisse, avec aussi peu d'envie de pisser
que de laisser dormir le marchand. Il cria encore plus fort qu'il n'avait fait, et fut deux fois
plus longtemps à ne point pisser, conjurant
le marchand de ne prendre plus la peine de
lui donner le pot de chambre, et ajoutant que
ce n'était pas la raison, et qu'il le prendrait
bien. Le pauvre marchand, qui eût alors
donné tout son bien pour dormir tout son
saoûl, lui répondit, toujours en bâillant, qu'il
en usât comme il lui plairait, et remit le pot
de chambre à sa place. Ils se donnèrent le
bonsoir fort civilement, et le pauvre marchand eût parié tout son bien qu'il allait faire
le plus beau somme qu'il eût fait de sa vie.

La Rancune, qui savait bien ce qu'il en devait arriver, le laissa dormir de plus belle,
et, sans faire conscience d'éveiller un homme
qui dormait si bien, il lui alla mettre le coude
dans le creux de l'estomac, l'accablant de
tout son corps, avançant l'autre bras hors du

lit, comme on fait quand on veut ramasser quelque chose qui est à terre. Le malheureux marchand, se sentant étouffer et écraser la poitrine, s'éveilla en sursaut, criant horriblement :

— Eh ! morbleu, Monsieur, vous me tuez !

La Rancune, d'une voix aussi douce et posée que celle du marchand avait été véhémente, lui répondit :

— Je vous demande pardon, je voulais prendre le pot de chambre.

— Ah ! vertubleu ! s'écria l'autre ; j'aime mieux vous le donner et ne dormir de toute la nuit ; vous m'avez fait un mal dont je me sentirai toute ma vie.

La Rancune ne lui répondit rien et se mit à pisser si largement et si raide, que le bruit seul du pot de chambre eût pu réveiller le marchand. Il emplit le pot de chambre, bénissant le Seigneur avec une hypocrisie de scélérat.

Le pauvre marchand le félicitait, le mieux qu'il pouvait, de sa copieuse éjaculation

d'urine, qui lui faisait espérer un sommeil
qui ne serait plus interrompu, quand le mau-
dit La Rancune, faisant semblant de vouloir
remettre le pot de chambre à terre, lui laissa
tomber, et le pot de chambre et tout ce qui
était dedans, sur le visage, sur la barbe et
sur l'estomac, en criant en hypocrite :

— Eh ! Monsieur, je vous demande pardon !

Le marchand ne répondit rien à sa civilité ;
car, aussitôt qu'il se sentit noyé de pissat, il
se leva, hurlant comme un homme furieux,
et demandant de la chandelle. La Rancune,
avec une froideur capable de faire renier un
théatin, lui disait :

— Voilà un grand malheur !

Le marchand continua ses cris ; l'hôte,
l'hôtesse, les servantes et les valets vinrent à
lui. Le marchand leur dit qu'on l'avait fait
coucher avec un diable, et pria qu'on lui fit
du feu autre part. On lui demanda ce qu'il
avait : il ne répondit rien, tant il était en colère, prit ses habits et ses hardes et fut se sé-

cher dans la cuisine, où il passa le reste de la nuit sur un banc, le long du feu.

L'hôte demanda à La Rancune ce qu'il lui avait fait. Il lui dit, feignant une grande ingénuité :

— Je ne sais de quoi il peut se plaindre : il s'est éveillé et m'a réveillé, criant au meurtre ; il faut qu'il ait fait quelque mauvais songe, ou qu'il soit fou ; et il a pissé au lit.

L'hôtesse y porta la main, et dit qu'il était vrai que son matelas était tout percé, et jura son grand Dieu qu'il le paierait. Ils donnèrent le bonsoir à La Rancune, qui dormit toute la nuit aussi paisiblement qu'aurait fait un homme de bien.

Scarron.

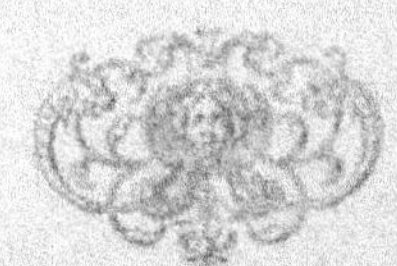

VIII

PLAISANTES ANECDOTES

ET

MENUS PROPOS

<div style="text-align:center">~~~~~</div>

TUE-MOI ENCORE UN COUP.

A fille d'un métayer, revenue au soir avec ses moutons, fut tancée de ce qu'elle en avait égaré un ; et sa mère, la voulant battre, lui dit :

— Va, méchante, va chercher ton ouaille !

La pauvre fille, qui ne savait où la prendre, s'en alla pleurant, et se mit sous un arbre. Comme elle tardait trop, sa mère dit au valet :

— Jean, va-t'en quérir cette fille ; va.

Il y alla, et la trouva ; il lui dit :

— Michelle, reviens à la maison ; ta mère le dit.

— Je ne le ferai.

— Viens, viens.

— Aga ! je ne le ferai ; je n'irai pas, quand tu me devrais tuer.

— Si tu ne viens, je te tuerai.

— Je m'en soucie bien !

Adonc, il la prend, la renverse sur l'échine, lui écarquille les jambes, se jette sur elle, et lui fiche au bas du ventre son couteau naturel, et la tue de la douce mort.

— Or çà, dit-il, je disais bien : oh ! viens à cette heure.

— Je ne le ferai.

— Et viens, Michelle, viens.

— Tue-moi donc encore un coup.

BÉROALDE DE VERVILLE.

UN JUGE CONSCIENCIEUX.

— Monsieur le conseiller, disait un jour d'un bout d'une table à l'autre, une vieille marquise du faubourg Saint-Germain, lequel préférez-vous du bourgogne ou du bordeaux.

— Madame, répondit d'une voix druidique le magistrat ainsi interrogé, c'est un procès dont j'ai tant de plaisir à visiter les pièces que j'ajourne toujours à huitaine la prononciation de l'arrêt.

BRILLAT-SAVARIN.

*
* *

COMME QUOI LE COQ EST PARFOIS L'ÉGAL
DE L'HOMME.

Un gentilhomme, grand seigneur, ayant été absent de sa maison pendant quelque temps, prit le loisir de venir voir sa femme, laquelle était jeune, belle et en bon point. Et

pour y être plus tôt, il prit la poste à environ
deux journées de sa maison, où il arriva sur le
tard, lorsque sa femme était déjà couchée. Il
se met auprès d'elle, laquelle fut incontinent
réveillée, bien joyeuse d'avoir compagnie,
s'attendant qu'elle aurait son petit picotin,
non pas d'avoine. Mais sa joie fut courte, car
monsieur se trouva si las et si rompu de sa
course que, quelque caresse qu'elle lui fît, il
ne se put mettre en devoir et s'endormit sans
rien faire, ce dont il s'excusa vers elle :

— Ma mie, dit-il, le grand amour que je
vous porte m'a fait hâter de vous venir voir,
et je suis venu en poste tout le long du chemin ; vous m'excuserez pour cette fois.

La dame ne trouva pas cela bien à son gré ;
car l'on dit qu'il n'est rien qu'une femme
trouve plus mauvais, et non sans cause, que
quand l'homme la met en appétit sans la
contenter. Et il a été souvent vu par expé-
rience qu'un amoureux, après avoir longtemps
poursuivi une dame, s'il advient qu'elle
prenne quelque soudaine disposition de l'ac-

cepter, et que lui se trouve surpris de sorte qu'il soit impuissant ou par trop grande affection ou par crainte ou par quelque autre inconvénient, jamais depuis il n'y recouvrera, si ce n'est par grand hasard. Toutefois, la dame prit patience et n'en eut autre chose pour cette nuit. Elle se leva le matin d'auprès de monsieur, et le laissa reposer.

Au bout d'une heure ou deux qu'il se voulut lever, en s'habillant, il se met à une fenêtre qui regardait sur la basse-cour, et madame à côté de lui. Il avise un coq qui muguetait une poule, puis la laissait, puis refaisait ses caresses assez de fois, mais il ne faisait autre chose. Monsieur, qui le regardait faire, s'en fâcha et va dire :

— Voyez ce méchant coq! qu'il lâche! Il y a une heure qu'il est à mugueter cette poule, et il ne lui peut rien faire; il ne vaut rien; qu'on me l'ôte et qu'on en ait un autre!

La dame lui répond :

— Eh! Monsieur, pardonnez-lui: peut-être qu'il a couru la poste toute la nuit.

Monsieur se tut à cela, et n'en parla plus, sachant bien que c'était à lui à qui ces paroles s'adressaient.

Bonaventure Despériers.

*
* *

ASSAUT MANQUÉ.

Une dame, devisant d'amour avec un gentilhomme, lui dit entre autres propos que, s'il était couché avec elle, il entreprendrait de faire six postes la nuit, tant sa beauté le ferait bien piquer.

— Vous vous vantez de beaucoup, dit-elle. Je vous assigne donc à une telle nuit.

A quoi il ne faillit de comparaître; mais le malheur fut pour lui qu'il fut surpris, étant dans le lit, d'une telle convulsion, refroidissement et retirement de nerf, qu'il ne put pas faire une seule poste; si bien que la dame lui dit :

— Ne voulez-vous faire autre chose? or,
videz de mon lit, je ne vous l'ai pas prêté,
comme un lit d'hôtellerie, pour vous y mettre
à votre aise et reposer. Par quoi, videz.

Et ainsi le renvoya, et se moqua bien après
de lui, le haïssant plus que peste.

Ce gentilhomme eût été fort heureux, s'il
eût été de la complexion du grand protono-
taire Baraud, et aumônier du roi François,
qui, quand il couchait avec les dames de la
cour, du moins il allait à la douzaine, et, au
matin, disait encore :

— Excusez-moi, Madame, si je n'ai mieux
fait, car je pris hier médecine.

Je l'ai vu depuis, et on l'appelait le capi-
taine Baraud, gascon ; il avait laissé la robe,
et m'en a bien conté, à mon avis, nom par
nom. Sur ses vieux ans, cette virile et véné-
réique vigueur lui défaillit, et il était pauvre,
encore qu'il eût tiré de bons brins que sa pièce
lui avait valu, mais il avait tout brouillé, et
se mit à écouler et distiller des essences.

— Mais, disait-il, si je pouvais, aussi bien

que dans mon jeune âge, distiller de l'essence
spermatique, je ferais bien mieux mes affaires
et je m'y gouvernerais mieux..

Brantome.

*
* *

POURQUOI LES LIEUES SONT SI PETITES EN FRANCE

D'ancienneté, les pays n'étaient distincts
par lieues, milliaires, stades, ni parasanges,
jusqu'à ce que le roi Pharamond les distingua,
ce qui fut fait en la manière qui s'ensuit :
car il prit dedans Paris cent beaux jeunes et
galants compagnons bien délibérés et cent
belles garces picardes, et les fit bien traiter,
et bien panser par huit jours, puis les appela ;
et à un chacun bailla sa garce, avec force
argent pour les dépens, leur faisant comman-
dement qu'ils allassent en divers lieux par ci
et par là. Et, à tous les passages qu'ils bisco-
teraient leurs garces, qu'ils missent une
pierre, et ce serait une lieue. Ainsi les compa-

gnons joyeusement partirent, et, pour ce
qu'ils étaient frais et de séjour, ils fanfreli-
chaient à chaque bout de champ, et voilà
pourquoi les lieues de France sont tant petites.

Mais quand ils eurent long chemin parfait,
et étaient déjà las comme pauvres diables, et
n'y avait plus d'huile en la lampe, ils ne beli-
naient si souvent, et se contentaient bien
(j'entends quant aux hommes) de quelque
méchante et paillarde fois le jour. Et voilà
qui fait les lieues de Bretagne, des Landes,
d'Allemagne, et autres pays plus éloignés, si
grandes. Les autres mettent d'autres raisons;
mais celle-là me semble la meilleure.

RABELAIS.

*
* *

LA CLÉMENCE DE LOUIS XI.

Un pauvre malfaiteur, condamné à être
pendu par la Cour du Parlement, ainsi qu'on
le menait au supplice, avisa le bon roi

Louis XI, le priant de lui octroyer un don, et qu'il ne lui demanderait de la vie plus rien. Le roi passant outre lui va dire :

— Je sais bien ce que tu veux demander, c'est que je te sauve la vie.

Ce pauvre patient lui répliqua :

— Non, Sire, ce n'est point cela ; que si je vous le dis, me promettez-vous sur votre âme d'accomplir ce que je vous demande?

Le roi avec serment l'ayant assuré qu'oui, moyennant qu'il ne le prie point de lui pardonner, ce pauvre pendu lui va dire :

— Je vous prie seulement, Sire, de me baiser au c.., mais aussitôt que je serai mort.

Le roi, qui voulait tenir la promesse, pour ne le baiser au c.. après sa mort, lui donna sa grâce.

GUILLAUME BOUCHER.

TABLE

CORBEIL. — IMPRIMERIE B. RENAUDET.